AF495354

LETTRE

ADRESSÉE

PAR M. L'ABBÉ DESMAZURE,

A M. MICHAUD,

AUTEUR DE L'HISTOIRE DES CROISADES,

LE 27 AVRIL 1828,

SUR LA MORT

DE M. LE DUC DE RIVIÈRE.

> *Beatus vir qui inventus est sine maculâ, et qui post aurum non abiit, nec speravit in pecuniâ et thesauris.* (ECCLES., ch. 31.)

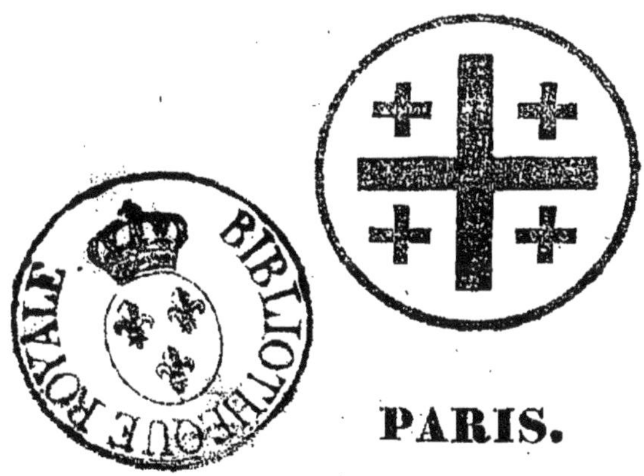

PARIS.

IMPRIMERIE ANTHELME BOUCHER,

RUE DES BONS-ENFANS, N°. 34.

1828.

Avant de partir pour la Terre-Sainte, j'avais eu avec mon constant bienfaiteur, le religieux et excellent M. le duc de Rivière, plusieurs conversations sur nos établissemens de Jérusalem, Nazareth, Bethléem, etc., qui sont sous la protection immédiate des augustes descendans de saint Louis. Je m'embarquai le 17 avril 1826, à Toulon, pour les régions orientales, sur la corvette l'*Écho*, commandée par mon ami, M. de Châteauville, aujourd'hui capitaine de vaisseau, encouragé par les paroles bienveillantes du modèle des chevaliers chrétiens.

Le souvenir de ses bontés et de ses vertus m'a suivi dans toutes mes courses, à Jérusalem, au Mont-Thabor, sur les rives de la mer de Tibériade, du Jourdain, etc. Lorsque prosterné devant le saint Tombeau j'adressais au ciel des prières pour l'auguste famille des Bourbons, je ne manquai pas de prier en même temps pour le vertueux gouverneur de Son Altesse Royale Mgr. le Duc de Bordeaux.

Mais quelle a été ma douleur, lorsque débarqué dans le midi de la France, la renommée est venue m'apprendre que l'ami des pauvres, l'ami de son Roi, l'homme bon et juste n'était plus!

Je ne pourrai plus m'édifier par ses discours, m'éclairer par ses conseils, me reposer sur ses bienfaits. Je ne crains pas de le dire, tout ce que la vue des saints lieux peut inspirer de résignation pour les pertes de ce monde ne saurait adoucir l'amertume de mon chagrin. Qu'il me soit permis de jeter quelques fleurs sur la tombe d'un homme de bien. Quoiqu'on ait parlé avec beaucoup d'éloquence des vertus de M. le duc de Rivière, on me pardonnera sans doute de publier une lettre confidentielle, dans laquelle j'ai d'abord exprimé mon profond désespoir : ma douleur durera toute ma vie. Je désire que les nombreux amis de M. le duc de Rivière trouvent dans cette lettre l'expression des sentimens fidèles qui resteront toujours au fond de mon cœur.

LETTRE

ÉCRITE DE MONTPELLIER A M. MICHAUD, AUTEUR DE L'HISTOIRE DES CROISADES, PAR M. L'ABBÉ DESMAZURE, EN DATE DU 27 AVRIL 1828.

MON RESPECTABLE AMI,

Vous aurez sans doute reçu ma dernière lettre, dans laquelle je vous exprimais la joie que j'avais ressentie en apprenant que la savante Faculté de médecine de Paris ne désespérait pas de la guérison de M. le duc de Rivière, et que tous les habitans de la ville de Montpellier en éprouvaient la plus vive satisfaction. Il n'y a que quelques jours que j'ai terminé ma station par un discours consacré à l'œuvre de la Providence que Monseigneur l'Évêque vivifie par ses bienfaits, et dont les dames les plus distinguées de la ville secondent les vues paternelles. J'avais déterminé le jour de mon départ pour Paris, avec la ferme espérance de retrouver dans une heureuse convalescence le héros chrétien, gouverneur du Prince Royal, dont les hautes destinées ont été annoncées par une naissance miraculeuse pour la stabilité de l'empire des lis et de la paix de l'Europe.

M'étant rendu hier dans une maison respectable

où le devoir m'appelait, plusieurs personnes entrèrent, en s'écriant avec l'accent de la douleur : «Monsieur le duc de Rivière n'est plus ! Quelle perte pour son royal et auguste élève ! Quel malheur pour la France ! » La nouvelle de cette terrible catastrophe étouffa ma voix; je ne répondis qu'en versant des torrens de pleurs, mêlés de sanglots. En sortant de cette maison, je me suis rendu chez Mgr. l'Évêque; cet éloquent prélat m'annonça les larmes aux yeux que M. le duc de Rivière n'était plus sur la terre. Je n'ai pu alors douter de cette triste vérité.

Cette fatale nouvelle se répandit avec la rapidité de l'éclair dans toute la ville, qui a exprimé sa profonde douleur, en apprenant que notre bon roi Charles X venait de perdre son plus fidèle sujet, son plus intime ami, et que l'héritier du sceptre de saint Louis était privé, dans un âge si tendre encore, de son religieux et modeste gouverneur.

Je me complais à vous renouveler ici que M. le duc de Rivière avait la plus haute estime pour le savant et aimable auteur de l'*Histoire des croisades*, qu'il me parlait avec un intérêt toujours nouveau de la défense que vous aviez prise de la dynastie des Bourbons, au péril de votre vie, au milieu des orages politiques les plus horribles. Mais vous savez depuis long-temps que cet illustre martyr de sa fidélité à Dieu et à son Roi, avait la plus tendre affection pour moi. Ah! pour lui conserver la vie, j'aurais consenti à sacrifier mille fois la mienne.

La mort des héros profanes et des philosophes incrédules est annoncée par des discours pompeux et trop souvent mensongers; mais les regrets que manifestent Sa Majesté Charles X et son auguste famille, les pleurs que les amis de Dieu et du Roi versent en ce moment, les sanglots des malheureux qui retentissent de toutes parts, font de M. le duc de Rivière un panégyrique sublime que l'art de louer ne pourrait qu'affaiblir.

La France, l'Europe entière, qui ont connu son courage, ses persécutions et son héroïque dévouement aux Bourbons, déplorent sa mort comme une véritable calamité.

Ah! mon cher ami, qu'ils doivent être profonds les gémissemens des personnes qui ont eu le bonheur de voir de près cet homme de Dieu, d'avoir eu des relations fréquentes, des entretiens intimes avec ce saint héros, qui mille fois sut braver la mort pour défendre la cause de Dieu et de son Roi légitime; je suis l'un de ces êtres privilégiés, aussi mes larmes ne tariront qu'avec la vie. La douleur qui m'étouffe m'empêche d'entrer aujourd'hui dans de longs détails que la reconnaissance et la justice m'obligent de donner.

Mon respectable ami, c'est à la bienheureuse entrée tant désirée du roi Louis XVIII de sainte mémoire, et quelques mois après, que mes chaînes furent brisées au château d'Iff, que j'eus le bonheur de connaître personnellement M. le marquis de Rivière, choisi par Sa Majesté très chrétienne pour la représenter à la Sublime Porte; mais la Providence, qui tient la chaîne de tous les événemens politiques, ne lui ayant pas permis de s'embarquer à Toulon, il séjourna quelque temps à Marseille. C'est là qu'il daigna m'honorer de ses bontés et de sa confiance, et surtout au moment où l'orage menaçait d'engloutir la monarchie de saint Louis, à peine relevée du milieu de ses ruines. Je l'ai prié de m'accorder la grâce de l'accompagner partout où il y aurait des périls à courir et la mort à braver pour défendre la sainte cause de la légitimité. Il a daigné exaucer mon brûlant désir : nous partîmes donc de la ville de Marseille toute dévouée aux Bourbons, pour Barcelone (en Espagne), où la divine Providence fit arriver quelques jours après nous l'auguste petit-fils de saint Louis, Mgr. le duc d'Angoulême. Nous sommes rentrés en France, avec la monarchie triomphante. J'ai eu l'honneur d'accompagner M. le duc de Rivière en Corse, où il avait été envoyé par le Roi. C'est de cette contrée que nous partîmes pour Constantinople.

Je me fais un devoir, mon cher ami, de vous dire ici que M. le duc de Rivière eut pour compagnon inséparable, son cher cousin M. le comte de Maupas, officier-supérieur très distingué, aussi attaché à Dieu qu'il est dévoué à la dynastie des Bourbons, et sous-gouverneur de Mgr. le duc de Bordeaux.

Dans toutes les contrées, dans toutes les villes où M. le duc de Rivière s'est transporté pour y remplir les hautes missions que lui avait confiées notre Roi légitime, il s'est fait admirer toujours par sa sagesse, sa prudence, sa bonté et sa haute piété; partout il a su se concilier l'amour de tous les hommes de bien, et commander l'estime des méchans par ses manières douces, conciliatrices et affectueuses. Par la voix de la douceur et de la persuasion, il a rattaché à la bannière des lis des hommes qui auraient résisté à la force armée; telle est la toute-puissante influence de la vertu sur les cœurs. Partout il a laissé des souvenirs délicieux qui se perpétueront dans les âges futurs. Il marquait toutes les traces de ses pas par autant de bienfaits; il n'était jamais plus heureux que quand il essuyait les larmes des affligés, et soulageait la misère des pauvres. Dépositaire de sa confiance, il m'arrivait souvent de lui dire, avec un respect filial, que sa fortune étant médiocre, et qu'ayant plusieurs enfans, il devait être moins prodigue de ses bienfaits; je n'en obtenais jamais que cette réponse : « Cher abbé, plus mes aumônes seront abondantes, plus je deviendrai riche. »

A Constantinople, il inspira la plus haute confiance au grand sultan, qui lui dit dans son audience solennelle, à laquelle j'ai assisté moi-même : « Je me félicite d'avoir pour représentant du Roi de France, auprès de ma Sublime Porte, M. le marquis de Rivière, si connu dans tout le monde par ses vertus, par ses talens et par sa constante fidélité à son prince légitime; le Roi de France ne pouvait faire un choix plus digne de lui et plus digne de moi. » M. le marquis de Rivière, par ses négociations sages, est parvenu à obtenir du gouvernement ottoman des hatti-chérifs aussi glorieux pour les pères gardiens du Saint-Sépulcre, qu'ils leur furent avantageux. Aussi son nom est vénéré et béni dans toute la Terre-Sainte et dans toutes les échelles du Levant. Sa correspondance avec tous les consuls n'était pas celle d'un ambassadeur, mais d'un tendre père. Partout il a protégé efficacement notre sainte religion et tous les établissemens religieux; partout il a représenté le Roi de France avec dignité et avec une grande noblesse de sentimens; enfin je ne puis vous retracer, dans ce moment, toutes les belles actions, toutes les œuvres de charité de cet illustre personnage : en lui, tout était vrai, tout était franc et tout était loyal. Sa maison était un temple, un sanctuaire où Dieu était adoré, où brillaient toutes les vertus sociales et religieuses. C'était un modèle d'époux, de père et d'ami : on ne sortait jamais de chez lui sans être pénétré de vénération pour une si sainte famille. La reconnaissance a fait connaître beaucoup d'œuvres de charité exercées par M. le duc de Rivière; mais celles qui ne sont connues que de Dieu seul sont innombrables. Je l'ai toujours vu égal à lui-même, dans l'adversité comme dans la prospérité; austère et sévère pour lui seul, il était tout indulgence et tout charité pour les autres : il était d'un accès très facile; il recevait avec la même bonté les pauvres couverts de haillons et les riches vêtus de pourpre.

Dans toutes les contrées de la Syrie et de la France que j'ai parcourues, il a daigné m'écrire des lettres où respiraient la foi la plus vive, la douceur, la bonté, la candeur et la charité, et dans lesquelles il peignait sa belle âme. Dans l'une de ses dernières, il me disait : « Cher abbé, que le monde est une triste chose! plus on y vit, plus on désire en sortir pour arriver à la véritable patrie. » O mon illustre bienfaiteur! vos vœux sont exaucés! vous êtes entré dans la joie du Seigneur; vous avez été rejoindre votre digne ami, M. de Montmorenci : votre union avec lui est beaucoup plus parfaite que celle qui existait entre vous et lui dans cette terre d'exil, parce qu'elle sera éternelle. Vous avez reçu la magnifique récompense réservée à vos constans sacrifices; vous possédez la couronne de gloire, préparée par la munificence d'un Dieu à votre inaltérable dévouement à votre roi légitime; vous voyez maintenant face à face, dans la céleste Sion, vos augustes princes, que vous avez si fidèlement servis pendant les jours de votre vie mortelle. Vous n'avez vécu sur la terre que pour répandre des bienfaits; maintenant que vous êtes dans le ciel, vous confondez vos prières avec celles des fils de saint Louis, dont vous partagez la gloire, pour faire descendre d'éternelles bénédictions sur notre monarque chéri, sur son auguste et bien-aimé fils, glorieux restaurateur de l'Espagne, sur l'admirable fille du roi martyr, sur l'enfant du miracle et sur l'héroïque princesse qui lui donna le jour, et pour obtenir, en faveur du nouveau Joas, un gouverneur suivant le cœur de Dieu (*).

O vous, la vertueuse compagne du plus fidèle serviteur du Roi! en perdant votre époux, vous avez perdu celui qui faisait le bonheur de votre vie. Je le sens, mon cœur me le dit, votre douleur est extrême! la religion seule peut en adoucir l'amertume; vous l'aimez, vous la pratiquez cette religion qui fait les saints; vous avez dès-lors l'espérance que vous reverrez votre digne époux : oui, vous le reverrez ce cher époux, et pour ne plus vous en séparer jamais. Mais vos chers enfans! Ici mes larmes découlent de mes yeux : illustre veuve! vos

(*) Le vœu que formait alors M l'abbé Desmazure a été réalisé depuis. Le digne ami de M. le duc de Rivière, M. le baron de Damas, lui succédé dans les fonctions de gouverneur du Duc de Bordeaux.

chers enfans, en perdant leur père, ont fait une perte irréparable! ils sont inconsolables! mais ils trouveront un adoucissement à leur douleur dans cette même religion que la plus tendre des mères leur a toujours enseignée, bien plus encore par ses touchans exemples que par ses instructions. Plus ils avanceront en âge, plus vous reconnaîtrez en eux la fidèle image du plus tendre des pères, plus leur amour pour Dieu et pour l'auguste dynastie des Bourbons se fortifiera dans leurs âmes; ils deviendront ainsi votre plus douce consolation et votre plus belle couronne.

En sortant de cet univers périssable, M. le duc de Rivière n'a point laissé à ses enfans de l'or, ni de l'argent; mais il leur a laissé un héritage plus précieux, un trésor mille fois préférable à toutes les richesses de la terre et à toutes les grandeurs du monde : il leur a laissé l'exemple de la vie d'un chevalier sans peur et sans reproches.

Le cœur bon et généreux de Mgr. le duc de Bordeaux, est un sûr garant que cet auguste prince sera toujours le protecteur et le père des enfans de l'illustre gouverneur qui avait pour lui les sentimens d'un père véritable.

O mon illustre protecteur! je ne vous verrai donc plus sur la terre; mais vos lettres, que je conserverai toute ma vie, me rappelleront à chaque instant vos innombrables bienfaits : j'en ferai l'obje de mes méditations ; elles me convaincront toujours de plus en plus, que pour bien servir les rois de la terre, il faut avoir appris à bien servir le roi du ciel. Chaque jour, prosterné au pied de votre tombe, je l'arroserai des larmes de la reconnaissance, de l'amour et de l'admiration ; et, j'en ai la ferme certitude, j'aurai le bonheur de me réunir à vous dans la céleste Jérusalem, si, comme vous, je suis toujours fidèle à mon Dieu et à mon Roi jusqu'au moment où mon âme, brisant les liens qui la retiennent captive, paraîtra au tribunal du grand Dieu, qui pèse tout et juge tout dans la balance immuable de son éternelle justice.

Mon cher ami, c'est dans votre cœur que j'épanche mon cœur ; je ne pouvais mieux confier ma douleur qu'à un écrivain célèbre, qui depuis de longues années m'honore de ses sages et paternels conseils.

L'abbé DESMAZURE,

Missionnaire apostolique, Chevalier du Saint-Sépulcre, Aumônier de l'ambassade de France près la Sublime Porte, Commissaire de la Terre-Sainte, etc.

www.ingramcontent.com/pod-product-compliance
Ingram Content Group UK Ltd.
Pitfield, Milton Keynes, MK11 3LW, UK
UKHW021020220726
13924UKWH00001B/88